AF501324

ÉMILE BOURDIER

LE SIÉGE DE PARIS

A VOL D'OISEAU

Prix : 1 franc

PARIS

LIBRAIRIE INTERNATIONALE

A. LACROIX, VERBOECKHOVEN ET Ce, ÉDITEURS

15, boulevart Montmartre et faubourg Montmartre, 13

MÊME MAISON A BRUXELLES, A LEIPZIG ET A LIVOURNE

1871

DROITS DE TRADUCTION ET DE REPRODUCTION RÉSERVÉS

8°Z
LE SENNE
9.340

ÉMILE BOURDIER

LE

SIÉGE DE PARIS

A VOL D'OISEAU

PARIS

LIBRAIRIE INTERNATIONALE

A. LACROIX, VERBOECKHOVEN ET Cie, ÉDITEURS

15, boulevart Montmartre et faubourg Montmartre, 13

MÊME MAISON A BRUXELLES, A LEIPZIG ET A LIVOURNE

1871

DROITS DE TRADUCTION ET DE REPRODUCTION RÉSERVÉS

8° Z le Senne 9.340

PARIS. — IMPRIMERIE ÉMILE VOITELAIN ET Cie
61, rue Jean-Jacques-Rousseau, 61

A MES LECTEURS

En entreprenant la tâche de relater les faits les plus saillants du siége de Paris, je n'ai jamais entendu écrire l'histoire de France; aussi me suis-je renfermé dans mon sujet.

J'ai laissé de côté la cause première, qui est la déclaration de guerre faite à la Prusse par l'Empire et n'ai pris mon récit qu'à la chute de Sedan pour le conduire jusqu'au traité de paix conclu par l'Assemblée nationale.

Quelle que soit la peine que tout Français ressente des malheurs qui ont frappé la patrie par suite d'une grande ineptie, nous ne devons considérer les malheurs de la France que comme un état transitoire, qui devra, par les souffrances dont il nous frappe, réveiller le patriotisme, éteindre l'égoïsme et nous ramener au point où nous étions en 92.

La France a-t-elle mérité ses malheurs? Je ne m'en suis pas fait juge et laisse à chacun le soin de se poser cette question :

Moi, membre d'une société, ai-je fait tout ce que je devais pour développer et conserver au profit de tous sa prospérité intellectuelle, morale et industrielle?

Que la conscience réponde; elle est le meilleur juge que nous ait donné le créateur.

L'avenir est plein d'espérances; que chacun reprenne courage, la catastrophe est tombée sur nous, relevons nos débris. Que le fer de la charrue remplace celui de la mort et nous moissonnerons assez de vie pour revoir et nos jours passés et nos frères revenir au foyer sacré de la patrie dont on les a séparés.

Bien des fautes ont été commises par les uns et par les autres; la cause n'a d'autre source que la chute précipitée d'un pouvoir qui a jeté sur l'inexpérience et à l'improviste les charges d'un pays envahi sans armes et sans munitions.

L'indulgence doit couvrir toutes les fautes et l'union de tous les membres de la nation la mettra à même de réparer promptement ses pertes et de ressaisir son sceptre et sa couronne.

ÉMILE BOURDIER.

LE SIÉGE DE PARIS

A VOL D'OISEAU

Dans l'an soixante-dix et le mois de septembre
De ce siècle présent que l'élu de Décembre
A si fatalement illustré de forfaits,
S'inscrivit une histoire où brillent bien des faits,
Histoire bien terrible où des instincts sauvages
Rappellent du passé les horreurs et les rages.
De Wissembourg les feux et ceux de Reischoffen
Étaient à peine éteints, qu'un homme, de Wimpffen,
Signait l'acte infamant qui rendait une place.
A la Prusse, il livrait, sans se voiler la face,
Toute une armée entière, une ville, Sedan,
Des aigles, des canons, et, Bonaparte aidant,
De la France les clefs et de la capitale
Ouvrait tous les chemins à la force brutale,
Vendait tous ses trésors, sa population,
Sauvait l'empereur et perdait la nation.
La France se trouvait par leur faute battue,
Mais son âme vivait, et n'était pas vaincue;
Car Paris espérait, arbitre de son sort,
Écraser l'ennemi, la sauver de la mort.
Il comprit son devoir, il devint une Sparte,
Et s'armant aussitôt de la flèche du Parthe,

Il sacrifia tout, au bien sut s'attacher,
Les vices, les plaisirs, jeta tout au bûcher.
Ainsi régénéré, comme les salamandres,
La raison et la foi naquirent de leurs cendres;
Reprenant le chemin à son point de départ,
Se lavant de sa honte et des lois de César,
Paris rajeuni fit de la vieille Lutèce
Un type de vertus fier comme une Lucrèce.

L'ennemi menaçait, et devant le danger
Tous ses enfants unis accourent se ranger.
C'est que Paris est roi, Paris reçoit en ville
Peuples de tous pays, il est tête de famille,
Gardien du droit, il est la civilisation;
L'industrie et les arts l'ont pris pour nation.
Sa tâche est belle et noble; aussi Dieu qui l'éveille,
Et qui ne permet pas que longtemps il sommeille,
Veut-il et l'avertir et que sous l'aiguillon,
Il rentre avec le fer germer dans le sillon.
De son sein doit sortir une morale pure,
Puissante, et s'étendant à toute la nature;
C'est à lui de parler de vertu, vérité,
Par l'exemple instruisant toute l'humanité.
Haut il doit élever le flambeau de lumière,
Pour que tous, remontant à sa source première,
Écartent du chemin la ronce, et qu'en tout lieu
Fleurisse le sentier qui mène droit à Dieu.

Quand une trahison, le plus grand des désastres,
Vint le frapper au cœur, lui le plus beau des astres,
Il se crut bien perdu, sans retour cette fois.
Soudain échappe un cri, sa formidable voix
Dans les airs retentit, et la clameur publique

Crie en brisant ses fers : Vive la République!
Trois hommes à Sedan discutaient en conseil,
Quand l'air leur apporta ce terrible réveil.
Indécis et l'esprit un instant débonnaire,
Ils tremblaient, car pendant cet éclat de tonnerre,
Un mirage à leurs yeux entr'ouvrit leur cercueil,
Mais leur ambition vint parler à l'orgueil,
La guerre l'emporta; tous trois, unis, d'accord,
D'un peuple désarmé décidèrent la mort.
Que faisait donc alors au loin chaque puissance?
De la neutralité réservant l'impuissance,
C'est comme spectateurs impassibles et froids
Que leurs chefs assistaient la défense des droits.
Ce peuple, c'était vous, chers enfants de la France,
Vous les élus de Dieu, vous tous son espérance,
Vous qu'il avait dotés, dotés si richement,
Que les peuples jaloux, de votre immolement,
A leurs vices honteux faisant un acte pie,
Armaient du nom de Dieu leurs feux de rage impie ;
Mais les peuples, hélas! ne sont que des mineurs;
Ce sont les gouvernants qui sont les grands meneurs.
A ceux-là donc, pardon; Dieu garde le supplice
Pour la cause, l'effet n'en est que l'artifice.
Ces hommes ne voulaient tuer la nation
Que par haine du bien et soif d'ambition.
Ces trois hommes étaient trois rusés, et pour l'être,
De l'enfer échappés, sur terre venus naître.
Des trois, Guillaume était le souverain, le roi,
En tout une ombre, hormis pour la mauvaise foi;
Sa parole donnée est toujours chose vaine,
L'orgueil et son cortége à ses désirs l'enchaîne,
Et son entêtement au monde n'a d'égal
Que la rage du tigre et la soif du chacal;

Il veut ressusciter l'Empire et Charlemagne !
Se faisant couronner empereur d'Allemagne !
Hélas ! le pauvre sire, il ne se souvient pas
Que l'Empire est souvent d'un vieillard le trépas.
Mais qu'a-t-il donc appris? où donc est sa science?
Et s'il ne comprend pas, qu'il regarde la France :
Empire, oppression se tiennent enchaînés,
Peuples à les briser sont toujours entraînés.
Moltke, grand stratégiste, est un peu plus modeste ;
Il dirige la lutte et ne veut rien, du reste,
Que des événements assurer le succès,
Du pouvoir allemand confirmer les essais.
Mais... il aime le sang, allumer l'incendie,
Le pillage est un jeu, la guerre fait sa vie ;
La victoire, il la veut et dit à ses soldats :
Point de merci, tuez ou mourez aux combats.

Le plus adroit des trois pour la ruse et l'audace,
C'est le comte Bismarck ; il est menteur de race.
Paris est des Prussiens de leurs plans l'objectif,
Pour lui c'est le scalpel au tranchant incisif.
Paris tombé, sa proie, il démembre la France
Au nom de la morale, et de sa délivrance,
Orgueilleux et despote, il commande à des rois.
Leurs peuples, il les prend, et, réduits aux abois,
Ils viennent humblement implorer de sa grâce
Un rayon de pouvoir, au soleil une place.
Ce qu'il veut, c'est l'Europe, en diviser les parts,
Et contre sa faiblesse et comme des remparts,
Briser toute unité, fomenter des discordes.
Cet habitant de l'ombre est de sac et de cordes ;
Il oublie et la terre et le grand directeur,
Et la vie et la mort dont il est créateur.

Il croit au Panthéon, sous sa vaste coupole,
Ériger sa statue et ceindre l'auréole.
Il ne demandait rien, rien, qu'abattre un tyran.
Cet incapable à lui sans combattre se rend.
Tout semblait donc fini, le peuple aurait fait grâce :
Mais il vient exiger la Lorraine et l'Alsace,
La moitié de la flotte et, de plus, des milliards.
C'est beaucoup trop. Vainqueurs ! c'est être des pillards.
Puisqu'il vous faut Paris, eh bien ! venez le prendre !
Venez, Paris est prêt, il saura se défendre.

Déjà, depuis un mois, Paris par ses efforts
Et s'approvisionnait et préparait ses forts ;
Les troupeaux et les grains couvraient toutes les routes.
A voir l'activité, l'on n'avait point de doutes,
Et pour chacun le fait demeurait bien certain,
Que l'ennemi venant, Paris n'aurait pas faim.
L'abondance fut telle, en cet instant critique,
Qu'on vit tout magasin lui livrer son portique.
Les vivres, pouvant être aisément conservés,
Furent mis de côté pour être réservés.
Cet ordre les régla, car leur vagabondage
D'une ville assiégée est clef de vasselage,
Et sa perdition n'est toujours que l'effet
De l'inutile abus qu'un gérant en a fait.
Ce temps était passé. Dorian, honnête homme,
Sut pourvoir aux besoins, chacun reçut sa somme,
Personne ne souffrit. Tout réquisitionné
Fournit pour de longs mois, au peuple abandonné,
Les besoins de la vie et même l'abondance ;
Beaux et grands résultats d'une haute prudence.
Ce service employa tous les vétérans
Trop faibles pour l'armée et restés hors des rangs ;

Ce fut à qui s'offrit et se rendit utile :
Pour sauver son pays, rien ne reste futile.
Exempt de ce souci, Paris avec orgueil,
Se drape fièrement, embellit son linceuil.
Comme la crysalide, il prolonge sa vie,
Il vit de ses plaisirs, il vit de son génie;
Mais, changeant leur couleur et génie et gaîté,
Tout en vivant encor sont de l'austérité.
On travaille partout, partout on est à l'œuvre,
Pour la destruction l'on créa des chefs-d'œuvre.
On se promène au bois, les cafés sont ouverts,
L'on soigne les blessés et l'on rit de ses fers.
O Paris ! ô merveille ! ô toi, reine du monde !
L'on t'a calomniée en te disant immonde.
Comme un volcan immense, au sortir du néant,
Pour tout s'était ouvert son cratère béant :
On vient de toutes parts et toutes les familles
Viennent y prendre abri, fuyant les champs, les villes.
Il offrit ses palais à l'hospitalité,
Ses parcs aux bestiaux et, pour la pauvreté
Des fourneaux et des lits, dons de la bienfaisance,
Dont la foi dédaignant toute reconnaissance,
Méprise les placets dont le journal public
Se fait des racontars sous plus ou moins de chic.

Au jour de l'abandon, jour où cesse la feinte,
A l'heure où d'un pouvoir s'est brisé l'arche sainte,
Le peuple a su choisir comme administrateurs,
Parmi tous ses enfants, des régénérateurs.
Il ne s'est inspiré que des anciens services,
De leurs efforts constants, en ce jour les prémices
D'un avenir prochain qui promet le bonheur,
Malgré la lutte ouverte avec un batailleur.

Hommes au noble cœur, tous ont un grand courage,
Ils ont leur dévoûment, l'ordre est leur apanage;
Ils lui donnent leur vie, ils offrent tout leur sang,
Ils vivent parmi tous, marchent au premier rang;
Enfin qui dit Trochu, Gambetta, Jules Favre,
Simon, Picard, Crémieux, Marseille jusqu'au Havre,
N'auront qu'un ralliement et pour eux tous qu'un cœur;
L'union c'est la force et pour tous le vainqueur.
Aussitôt acclamés, par eux l'œuvre se lance.
Paris, comme un enfant, vers l'avenir s'élance;
Pour lui, tout est à faire, et c'est seul, désarmé,
Que la lutte en s'ouvrant va le voir enfermé.
L'ennemi s'avançait, transportant ses phalanges,
Comme autant de vautours, comme des mauvais anges;
Un complot, où des plans, dès longtemps préparés,
Lui donnait des succès prompts, sans peine assurés;
Il prit position, et sa cavalerie
Relia tous ses corps et son infanterie,
Il forma des cordons, il fit un mur de fer,
Qui refoula Paris au milieu d'un désert,
Parla de sa douleur, de son humeur chagrine,
Pour éviter le sang, préférant la famine,
Voulant placer son nom dans la postérité,
Parmi les bienfaiteurs de notre humanité.
Il dit qu'ainsi placé, c'est avec patience,
Qu'il attendra les vœux des enfants de la France.
Le peuple de Paris ne pensait pas ainsi,
Et dès le lendemain le lui prouvait aussi,
Car ses obusiers, s'évertuant, bien vite,
A Guillaume portaient sa carte de visite.
Depuis, chacun des jours a vu nouveau combat,
Qui, quoique partiel, put former le soldat.
L'ennemi fut actif, installa des redoutes,

S'arma sur tous les points qui commandaient aux routes.
A Choisy, Charenton, à Châtillon, Saint-Cloud,
Montrouge, Aubervilliers, au Bourget, Montretout,
S'éleva de sa part un plan de résistance,
De craintes révélant une haute importance;
Mais le tir ajustant, dégagea chaque abord
Et sut démonter tout, du Midi jusqu'au Nord,
Le repoussant au delà de dix mille mètres;
Il comprit bien alors qu'il trouverait des maîtres,
Il dut changer ses plans, sa générosité
Disparut, et devint de l'animosité.
Près de Guillaume on fit pourtant une démarche,
On voulait croire encore, on voulait sauver l'arche;
Il avait dit : ce n'est qu'au chef, qu'à l'Empereur,
Qu'au tyran sans morale, à l'homme sans honneur,
Et non au peuple que je déclare la guerre.
Lui tombé, c'est pourquoi l'on fut à Ferrière.
Quel désenchantement! L'on fit au citoyen
Une réception de pauvre plébéien,
Venant quêter la paix comme on quête l'aumône,
Pour le vieillard souffrant auquel on le pardonne...
Un peuple ne peut être un banal mendiant;
Il s'offensa, jura haine à ce mécréant;
Voilà comment l'orgueil envenima la cause.
Que de bien l'ont eût fait en faisant autre chose.
Il oublia son vœu, le pieux roi Guillaume,
Lui dont l'ambition rêvait un toit de chaume;
Son naturel parla, puis, comme le renard,
Dit : « Ils sont verts encor, je reviendrai plus tard. »
En attendant, il fit dévaster la province,
Acceptant tout profit, prenant tout, gros ou mince,
Allant de ci, de là, partout, rentrant, sortant,
En tous sens, sur le sol fusillant, combattant;

L'avalanche des Huns, dans sa sombre furie,
Sur la France tombée, ainsi ne l'eût meurtrie.
Au nom de Dieu, détruire est un rêve insensé.
Guillaume, souviens-toi, qu'heureux ou menacé,
Tous les forfaits affreux ne sont pas les supplices
Dont sa bonté, son cœur, se fassent les complices.
Un instant tu t'es cru le bras du Créateur,
Et ton orgueil te fit du monde un Rédempteur.
La roche Tarpéienne est près du Capitole.
Prends-y garde, Guillaume, au sommet on s'affole.
Tu devras compte un jour de tant de sang versé,
Les remords en ton cœur, désespoir insensé,
Peupleront ton sommeil, rongeront tes entrailles,
Te meurtriront les chairs des coups de tes mitrailles.
Mais dans Paris chacun lutte d'agilité,
Et sous le fouet actif de la nécessité,
Prenant le disque en main, le jette dans l'arène,
Laissant l'intelligence au travail souveraine.
Ce fut à qui créa des engins furieux,
Trouva quelque moyen ou produit sérieux.
Trochu, franc puritain, de la meilleure race,
Un vieux soldat, était gouverneur de la place.
Enfantant une armée, il fit des citoyens,
Des enfants de Paris, de bons et vieux Troyens;
Appela la marine et les gardes des villes,
Établit la milice et les gardes mobiles,
Fit rentrer la réserve, et des départements
Il reçut dans Paris l'élite des enfants.
Des francs-tireurs il prit leur ardeur au service;
Puis, comme malséant, supprime la police,
Met le mousquet en main à chacun des agents,
Leur offrant le moyen d'être d'honnêtes gens :
Par là substituant à ce service inique,

Le dévoûment, le zèle, à la chose publique.
Un peuple libre et fort ne craint pas les complots;
Il soigne la morale et les laisse aux suppôts
Qui flattent les désirs et les vices du maître,
Faussant l'opinion, faisant métier de traître.
Voilà comment vécut le règne impérial,
Au pays si longtemps et néfaste et fatal.
Tout manquait, le canon, et plus, la mitrailleuse,
Le fusil, la cartouche, et jusqu'à la vareuse;
De l'Empire la peur vidait les arsenaux;
Les millions ne paiaient que ses mille oripeaux.
Il fallait un prodige, il fut à l'industrie;
Nécessité naissant, tout naquit à la vie :
Le bronze est à l'usine et, mis en fusion,
Sort en flots de canons de l'ébullition.
On allonge le tir, on ouvre la culasse,
Aux fameux canons Krupp on pourra faire face;
Le fusil se fabrique, et chaque armurier
A la défense apporte un engin meurtrier;
Satan fait sa fusée et sa pyrotechnie,
Puise à son arsenal sa force et son génie.
Pour lancer sur la Prusse et tous ses alliés
Des feux qui les verront mourir asphyxiés,
Ici c'est la vapeur, et de cent mitrailleuses
S'échappent des bouquets de balles furieuses;
Puis, Cail vient fabriquer trente vagons blindés
Prêts à vomir la mort par leurs créneaux bardés.
La chimie, elle aussi, décuple son génie.
Filles, femmes, enfants, apportent la charpie,
L'ambulance s'installe, et de savants docteurs
De tous nos chers blessés seront les protecteurs.
Tels voilà les apprêts, et tel Paris se pare,
Telle est la fête enfin, qu'à la Prusse il prépare.

Tout va se complétant et roule comme un flot,
Chaque mont est garni, jusques au moindre îlot,
Tout saura défier un assaut par surprise,
Les plans plus sérieux par la valeur comprise,
Et sur tout point on voit un engin, un troupier :
Le bronze fleurit où fleurissait le pourpier;
Les portes avec soin seront dissimulées,
La sente, la courtine y sont amoncelées,
Les fossés protecteurs creusés, des ponts-levis
La herse est abaissée, on finit les glacis,
La motrice à vapeur vient emprunter au fleuve
Toutes les masses d'eau dont l'enceinte s'abreuve;
Les forts seront pourvus de nombreux combattants,
Armés de leurs canons, d'obusiers éclatants,
Servis par des pointeurs intelligents, habiles,
Les marins y rendront des services utiles.
Enfin, pour compléter, naissent des bastions,
S'élèvent des remblais sur les plats des vallons,
En aval, en amont du cours de la rivière,
Se place la marine en bateau canonnière;
Ces travaux terminés, on ferme le tombeau.
C'est alors que Paris devient grand, noble et beau.
Pour rendre la défense encore plus certaine,
Partout on barricade, et l'on forme une chaîne,
Qui, servant à son tour de forts intérieurs,
Se verront défendus par les barricadeurs.
Puis l'on rase la zone et fait la solitude,
Où jadis pullulait toute une multitude.
Ceci fait, on attend, et, confiant en Dieu.
L'arme au bras, sur les murs on veille prêt au feu.
Un peuple si nombreux n'est jamais homogène;
Il survint par ce fait quelques instants de gêne.
L'on vit des insensés servant les ennemis,

S'agiter au milieu des malheurs du pays,
Renversant un moment les voies de la défense,
S'emparer du pouvoir avec inconscience,
Privés de leur raison, ivres d'ambition,
Vouloir gouverner, et mener la nation.
Le peuple comprit que l'anarchie est fatale!
Aussitôt marcha la garde nationale;
Son courage rendit aux lois leur liberté :
Ce service en prouva toute l'utilité,
Et d'un gouvernement qui vivait d'entreprise,
L'erreur qui le perdit, redoutant la surprise,
Méfiant de l'honneur, craignant le citoyen,
Ce qui n'eût pas eu lieu s'il n'eût fait que du bien.
Paris, quoique isolé, ne perdit pas courage,
Il sut par la raison calmer plus d'un orage.
La province était loin comme les pélicans.
Donc il ne pouvait plus la nourrir de ses flancs,
Lui dont l'intelligence, aux puissantes mamelles,
Puisait, pour ses besoins, aux sources les plus belles,
Qui savait en extraire, à toute heure, en tous sens,
Tout ce qu'enfante l'art et le charme des sens.
Il étouffait ses pleurs, sa souffrance indicible :
Les Prussiens auraient ri dans leur joie inflexible.
De Dieu l'esprit veillait, et, pour briser ses fers,
A son intelligence offrit le cours des airs;
Montmartre voit partir Nadar, l'aréonaute;
Sa nacelle s'envole, et par la rive haute,
S'en va porter gaîment de nos Parisiens,
Les nouvelles à tous, passant sur les Prussiens
A Guillaume la rage est souvent salutaire;
Il en maudit le ciel et laboura la terre.

Mais Dieu l'avait vaincu, car les joyeux ballons

Aux messagers ailés indiquaient les vallons,
De l'investissement brisaient la loi fatale,
Ils libéraient la défense nationale;
Ses membres divisés maintinrent leur rapport,
Au moyen du pigeon qui servit de transport.
Glais-Bizoin, Fourichon, Crémieux, hommes utiles,
Devaient administrer la province et ses villes,
Et plus tard Gambetta les rejoignit à Tours.
A leurs efforts communs apportant son concours,
Du ballon hardiment il monta la nacelle,
Vit la balle danser, l'air jouant avec elle,
Jonglait, la rejetant sur l'ennemi prussien,
Semblant dire : « Tirez, mais vous n'y pouvez rien!
« C'est l'envoyé de Dieu que dans mon sein j'emporte.
« A ses frères souffrants, c'est un espoir qu'il porte. »

A sa voix tout naquit : hommes, obus, fanons,
Armes, vivres, enfin tout jusques aux canons,
S'unit et s'assembla, devint un foyer mère
D'une armée équipée et non plus éphémère.
Aux enfants du pays elle devait le jour,
Et marchant sur Paris, en rêvait le séjour.
Après deux mois passés de cette triste histoire,
L'on voulut essayer de s'unir à la Loire.
Gambetta vers Paris voulait la jonction,
Trochu pensait ainsi sauver la nation;
D'Aurelles, général d'une bien jeune armée,
Avait, trop confiant, cru qu'elle était formée.
Paris, tout joyeux à ces affirmations,
Court à ses portes, fait feu de ses bastions;
D'assiégé devenant assiégeant, c'est en face
Qu'il veut se mesurer avec qui le menace.
Un Fritz, un roi saxon, ces deux princes royaux,

Qui reposent en paix dans de riches châteaux,
Se tressent des lauriers assortis à leur taille.
Trochu, Ducrot seront héros dans la bataille;
Eux, ils ne seront que des héros de la faim.
La famine! quelle arme! O gloire! ô lendemain!
Ils attendront que l'hydre à la face livide
N'offre plus qu'un cadavre à leur courage avide,
Semant partout le deuil, moissonnant le mépris;
Tels seront de leurs faits les résultats acquis.
Temps qu'on effacera des pages de l'histoire,
Que les âges futurs refuseront de croire,
Paris ne put vouloir d'un semblable trépas;
Aussi, vers l'ennemi, fit-il le premier pas.
Le vingt-huit de novembre, Avron par la marine
Est pris ; puis aussitôt le canon, la fascine
S'installent au plateau, d'où le tir de Saisset
Menace les chemins de Chelles, de Gournay.
Puis à Gennevilliers, les travaux, la presqu'île,
Sont recouverts d'abris, comme aussi Bezons, l'île ;
Au point du jour suivant, Thiais, l'Hay, voient Vinoy
Qui, sous le feu des forts, vient à Choisy-le-Roi.
Renault passe la Marne, et le matin du trente,
Attaque Champigny d'une vigueur tonnante.
En deux heures il prend le plateau de Villiers;
L'ennemi le reprend. Bientôt nos fusilliers
D'un intrépide élan vont à la baïonnette,
Et conduits par Ducrot, s'installent sur la crête.
Mais d'Exéa le corps a soutenu le feu,
Defendant Petit-Bry, avançant peu à peu.
Le soir étant venu, les coteaux de la rive
Reflétaient de nos feux la flamme claire et vive.
Le même jour Susbielle arrivait à Créteil,
Prenant à l'ennemi, qu'il tenait en éveil,

Mesly, puis Montmesly. Au Nord c'est La Roncière
Par Épinay tenant les Prussiens en arrière.
Ainsi se sont passés les combats de ce jour.
Que de gloire et d'espoir! que de sang en retour!
La Prusse était vaincue, et sa rage exécrable
Revient à la charge en masse considérable.
Nos soldats pleins d'ardeur, après un court repos,
Reprennent l'offensive. Électrisé, Ducrot
Parle à ses bataillons ; il s'élance à leur tête,
Leur criant : En avant! que rien ne vous arrête;
Si je suis menacé, tuez-moi, mes amis;
Je veux mourir Français, sus à nos ennemis!
Son ardeur, son exemple, exaltent le courage.
L'ennemi refoulé pousse des cris de rage;
Il fait un effort, mais, foudroyé par nos forts,
Recule épouvanté, couvrant nos champs de morts.
Vainqueurs de Champigny jusques à Bry-sur-Marne,
Chacun à la poursuite avec ardeur s'acharne.
Le clairon sonne; alors, maîtres sur le terrain,
Tous y passent la nuit jusques au lendemain,
Et puis se retraitant vers le bois de Vincennes,
Laissent le champ aux morts, fruit des horreurs prussien
L'ennemi put entendre au loin ce cri : Trochu!
Vive Trochu! honneur à lui! honte au déchu!
Qui préféra, vivant, s'enivrant dans le vice,
Le mépris à la gloire, au péril de la lice.
Un autre t'a servie, ô patrie! et Ducrot,
Pendant tous ces combats, s'est conduit en héros!
Ah! pourquoi faut-il donc qu'une page brillante
Par des larmes s'inscrive en histoire sanglante?
Beaucoup n'ont pas revu les cendres du foyer,
Et ces morts regrettés ne pourront s'oublier :
De Grancey, Niverlé, Franchetti, trois victimes,

Comme Renault, Gabet, dont les morts sont sublimes.

Un soleil obscurci de nuages fumeux,
Le lendemain voyait un tableau bien affreux :
Des victimes le sang avait rougi la terre;
La neige et sa blancheur, virginal, pur suaire,
De tant de malheureux enveloppait les corps,
Semblant voiler à Dieu de ses enfants les morts.
C'est alors que l'on vit la charité chrétienne
Pieusement venir du ciel, chantant l'antienne,
Donner et sépulture et bénédiction
Aux débris des héros morts pour la nation;
La croix de bois noirci seule indique leur nombre
Au passant éploré qui vient chercher leur ombre.
Malheur à qui veut croire à des dieux des batailles!
Malheur à celui-là qui, sourd et sans entrailles,
Veut la guerre et la mort, qui n'a pas dans son cœur
Une voix qui l'arrête en lui criant : Malheur!
Blessant l'amour de Dieu dans sa gloire immortelle
Par son cruel oubli de la loi fraternelle,
Serf à ses passions, il fait l'obscurité;
Son crime éteint les feux de son éternité.

Après tant de combats, pour la première affaire,
L'on jugea des deux parts le repos nécessaire.
Sans rester inactifs, l'on s'entretint la main;
L'on usa des boulets, et par un beau matin
Le Mont-Valérien commande à ses mitrailles
De présenter au roi ses respects à Versailles,
Auquel ce visiteur paraissant dangereux,
S'enfuit à Saint-Germain pour y fixer ses feux.
Malgré cette victoire et tant de gloire acquise,
Le plan conçu manqua, fut affaire remise.

De Moltke ayant appris que nos jeunes soldats,
Un instant éblouis par leurs premiers combats,
A leurs brillants succès ne pouvant encor croire,
Effrayés, lâchaient pied sur les bords de la Loire,
De la feinte aussitôt, ce noble conquérant,
De Moltke, enfin, compose un billet bien navrant
Par un officier, voilant ses espérances,
Il l'envoie à Trochu, plein de condoléances.
Il offre un sauf-conduit pour s'assurer du fait.
Le puritain répond, sans douter de l'effet :
« Dites à votre chef qui croyait nous abattre,
« Trochu m'a dit un mot, et ce mot c'est : Combattre ! »
Le corps que l'on disait entièrement détruit,
Était vivant encor, se reformant sans bruit ;
Son échec lui venait d'un excès de jeunesse.
Surpris comme un enfant il en eût la faiblesse ;
Sous une main habile il eut bientôt repris.
Demandez à l'histoire; ou parlez à Chanzy.
Ils vous diront à tous : Ne croyez pas la Prusse ;
Ses bulletins menteurs sont comme un beau jour russe.
Pour chauffer ses frimats il lui faut la chaleur ;
Eux volent pour l'avoir des autres la valeur.
Cela retarda bien un peu la délivrance.
Mais tous n'avaient-ils pas en Dieu toute espérance?
Et les nouvelles qui vinrent de toutes parts
Rassénèrent les cœurs ; franchissant les remparts,
On apprit de Chanzy ses dix jours de victoire
Et combien ses soldats s'étaient couverts de gloire.

L'on reprit les travaux et l'on les compléta;
Chacun fut à son poste, et pour tout se hâta.
Au lever du soleil la zone solitaire
Devient une cité puissante et militaire;

Des portes de Paris sortent les bataillons,
De la cavalerie on voit les escadrons.
Tout vient pour s'exercer. L'on voit l'artillerie
Choisir pour point de mire une tête ennemie.
Ainsi passe le temps, et la Prusse de loin
Assiste à ce spectacle en paisible témoin,
Jusqu'à ce qu'un beau jour ayant la main forcée,
La Prusse l'exigeant, par son fait amorcée,
Guillaume ordonne enfin que le bombardement
S'abatte sur les forts avec acharnement.
Mais n'en doutez jamais de cette âme bénigne :
Tous les saints appétits préfèrent la famine.
Paris de ce sujet n'avait aucun souci,
Il vivait aussi bien et mieux que l'ennemi,
Et sa fougue opérait fréquemment des sorties.
Le Prussien souffrait, en sentait les orties.
Le nombre de leurs morts, du reste, a témoigné
Qu'on briserait ses fers dans un jour désigné ;
Jour, heure qui viendront, si la province prête
Un jour dans ses ébats vient annoncer la fête.

En attendant ce jour que de sang à verser !
Dans combien de combats verra-t-on s'amasser
Tant de corps vigoureux, horribles hécatombes
Dont les enfants de Dieu comblent toutes les tombes ;
Terrible ambition, fatal aveuglement,
Des peuples la misère et leur écrasement.
L'homme en naissant doit vivre, il doit à la nature
Les forces qu'il apporte, et c'est l'agriculture
Offrant son élément, qui veut tout son travail.
La terre est un trésor, mais veut un gouvernail ;
Ses bras sont le timon et son intelligence
Le creuset des moyens qui donnent l'abondance.

Pourquoi donc l'oublier, quand Dieu, quand le soleil
Nous couvre de bonté, de cet éclat vermeil,
Qui fait battre le cœur au sein de la famille,
Pour détruire et tuer des hommes, une ville
Où vivent des amis, quels sont donc leurs méfaits?
N'ont-ils pas notre sang, comme nous ils sont faits,
On ne les connaît pas; alors, pourquoi la guerre?
Qu'est-il donc tant besoin de drapeaux sur la terre?
Le sol est bien à tous; car au dernier moment
Tout restant ici-bas on s'en va pauvrement;
C'est un prêt à nous fait, et ce n'est qu'une ferme
Qu'il nous faut cultiver pour moissonner le terme.
Apprenons donc à vivre, apprenons cette loi
Qu'on nous dicte en naissant et qui fait notre moi;
« Vous êtes tous égaux, vous êtes la famille,
« Soyez tous fraternels, aux champs comme à la ville,
« Et qu'il n'existe plus ces mondes de soldats,
« De mitraille et de fer, enfin tous ces combats
« Où l'on voit moissonner tous les enfants du Père
« Comme un faucheur abat tous les épis à terre! »

A son enfant la mère, en lui donnant le jour,
Le couvre de baisers, l'enveloppe d'amour;
Ses joies et ses douleurs pour elle sont l'essence,
Le parfum de sa vie, et, seule jouissance!
De lui, jusqu'à vingt ans. elle fait l'avenir.
Alors l'État le prend. Devra-t-il revenir?
Si l'homme qui gouverne est des autres l'exemple,
Si le bonheur du peuple a pris son cœur pour temple,
S'il veut le bien pour tous, il fera le progrès,
Et l'enfant reviendra; le secret c'est la paix.
Mais jusqu'ici combien ont compris l'axiome?
Ah! du bonheur l'on est encore au premier tome.

Les peuples sont vassaux, sont à l'ambition.
Liberté! tu mourus avec la nation :
Oui, l'on voit des troupeaux qu'un berger très-habile
Conduit suivant son gré dans un vallon fertile;
Chaque année il les tond à son meilleur profit,
Puis un beau jour les vend, et pour eux tout est dit.
La mère vient chercher son fils dans la prairie.
Que trouve-t-elle? Hélas! c'est une boucherie.
Le troupeau lutte en proie à des loups cerviers,
Il succombe égorgé sous leurs crocs meurtriers.
Pauvre mère! pour toi, ton cœur est solitaire :
Vois, de la chair meurtrie, un cadavre est à terre!
Et voilà le tribut que vous, faibles humains,
Vous payez au pouvoir arraché de vos mains.
Telle voilà l'histoire et de nos temps modernes
Le tableau saisissant sous des couleurs trop ternes.
Mais la France à son tour en subissait le poids
Et sa fierté rétive a renversé sa croix;
Son cœur battait encore, et qui la croyait morte
La retrouve aujourd'hui pour la lutte plus forte;
Elle a brisé ses fers et ne saurait changer
Ses jours de liberté contre un joug étranger.

Trois mois avaient vécu, c'est chose bien étrange,
Paris n'y pensait pas; il avait en échange
Travaillé, puis acquis un beau matériel,
Des soldats aguerris, un tir juste et mortel,
Des chefs l'expérience approfondie et sûre,
Des habitants logés et bonne nourriture,
Et si sa liberté retrouvait son essor,
Il ne manquerait rien, il bénirait son sort.
Mais l'hiver était dur, il entravait sa marche;
Aussi maudissait-il ce noble patriarche,

Sa neige et ses frimas qui venaient l'arrêter,
Et forçaient ses soldats à venir s'abriter;
De plus, il redoutait dans son peuple nomade,
Les agitations de son esprit malade,
Aux souffrances du siége un hiver rigoureux
Ajoutant sa misère en éteignant ses feux.
Le bois vint à manquer, la foule endolorie
Qui dans Paris fermé s'était vue accueillie,
S'oubliant elle-même, écoutant des meneurs,
Vint piller les chantiers, s'unissant aux voleurs,
Et détruisit ainsi les immenses ressources
Dont avec prévoyance on ménageait les sources.
Au milieu de ces cris, aux douleurs arrachés,
On voyait l'égoïsme et le lucre attachés,
Disputer au malheur le bois de l'indigence,
Sans pitié pour le pauvre et froid à sa souffrance.
De Boulogne et Vincenne on abattit les bois,
Et tous se réchauffant, on calma les émois.

Tout à coup un grand bruit sort des cours allemandes,
On signe des placets et de nobles demandes;
Et soit nécessité, faiblesse ou bien erreur,
Chaque souverain dit : Il faut un empereur!
Donc à Versailles un jour, que Dieu le lui pardonne!
Le Reistag de Berlin vient offrir la couronne
Au chef des massacreurs des femmes et des enfants.
Empereur! lui! mon Dieu? Non! dis : Je le défends!
Un trône impérial! Une vaste espérance
Aurait pour marchepied un sarcophage immense
Du bien. Quelle ironie! amère dérision!
Qui prouve des humains la perte de raison,
Comme si les soupirs et les pleurs des victimes,
Vers un Dieu tout-puissant témoignant de ses crimes,

Aux voix des orphelins s'unissant pour prier,
Contre tant de cyprès ne venaient pas crier :
Malheur à l'orgueilleux ! honte sur sa puissance !
Pour tant d'infortunés, Dieu tout-puissant, vengeance !

Qu'est-il donc devenu son fidèle gardien?
Celui qui de tout homme a pour guide le bien,
Où s'est-il donc enfui? Ce Dieu qui le lui donne,
Permet-il donc qu'un jour cet esprit l'abandonne?
« En le lui donnant, Dieu ne saurait l'imposer,
« Et l'homme peut toujours garder ou refuser
« L'intime conseiller qui dirige sa vie,
« Qui sait l'aimer en frère, et veut vers sa patrie
« Assurer son retour et guider son chemin,
« Tant qu'il saura du bien tenir le fil en main.
« Si du mal pénétrant le tortueux dédale,
« Il se trouble et s'aveugle en la route fatale,
« Dieu ne peut imposer à l'esprit loyal, franc,
« La peine du remords de cet esprit souffrant.
« De sa bonté voilà la complète justice.
« Le bien est pour les bons, aux mauvais le supplice ;
« Et le guide parti, l'homme est abandonné
« Dans les sentiers du mal auquel il s'est donné.
« Un homme revêtant la puissance suprême,
« Sous son poids est tombé; Guillaume veut de même,
« Ramassant ce pouvoir par le sang consacré,
« Succomber en glissant avant d'être sacré.
« Voilà l'arrêt de Dieu! qui marque aux flots de l'onde.
« Les bornes de leur lit, comme au pouvoir du monde. »

Oui, cette vérité des hommes dit assez
L'histoire de ce jour, celle des temps passés.
Guillaume a pénétré dans le noir labyrinthe,

Des bras puissants du mal il a subi l'étreinte.
Il marche à pas pressés, trébuchant dans la nuit,
En cherchant son chemin vers un jour qui s'enfuit.
Son orgueil repoussa les conseils d'Ariane,
Dont le fil l'eût conduit sous un jour diaphane.
Des sentiers échappés, Paris sort éclatant,
Implorant le pardon par son effort constant,
Espérant le succès après tant de souffrance,
Pour prix de son travail et de son espérance.
Guillaume pourra vaincre et Paris succomber
Sous l'effort du vainqueur, il ne pourra tomber;
Il a vaincu le mal, il a brisé sa chaîne,
L'auréole est au bout du chemin qui l'entraîne.
Guillaume, s'aveuglant, ne voit en ce moment
Son salut éternel qu'en un bombardement.

On bombarde Paris, une aveugle furie
Lance sur ses trésors ses feux d'artillerie.
Elle veut, l'écrasant, le frappant de terreur,
En détruisant beaucoup, enflammer son horreur,
Espérant que la crainte, autant que le désordre,
De la reddition en intimera l'ordre.
Ses bombes ont atteint l'hospice la Pitié,
Celui du Val-de-Grâce, et tué sans pitié.
Voilà ta foi, Guillaume, elle est très-honorable,
Et prouve de ton cœur le débat misérable.
Tu cherches à détruire un riche Panthéon
Dont la porte à jamais refusera ton nom;
Partout chaque pavé se couvre de tes crimes :
Femmes, enfants, vieillards, sont tes tristes victimes.
Tu ne respectes rien, ni place, ni faubourg,
Ni maison, ni palais, non plus le Luxembourg,
Bibliothèque, école et musée ou l'église !

Le dommage est partout. Ah! la fureur te grise.
C'est en vain qu'on détruit, et ton suprême effort
A trouvé de Paris le cœur et calme et fort.

Ce peuple, dont les rois méprisaient l'inconstance,
Vient prouver aujourd'hui ce que pouvait la France.
La sagesse et les arts, la science et les ris,
N'ont vraiment de valeur qu'au milieu de Paris;
Et s'il sait, en son temps, partout donner la mode,
Régler le ton, il sait des muses chanter l'ode.
S'il sait courir au bois, flâner aux boulevards,
Il connaît le travail et brille dans les arts;
Si le vice s'est vu s'y traîner dans la fange,
L'aumône et la vertu dominent en échange;
Son peuple est léger, soit, mais avant tout moral;
Il est grand, généreux, noble et vraiment royal.
Sa légèreté n'est qu'une immense richesse
Qui lui fait gaspiller tous ses biens en largesse.
Courageux à la peine, hardi dans ses désirs,
C'est un dieu dans ses pleurs, un roi dans ses plaisirs.
Et c'est lui qu'un barbare, échappé de son antre,
Réduirait? Du progrès il ruinerait le centre?
Ses pillards avinés, dans leur rage exaltés,
Seraient ses assassins, par ses biens excités?
Et l'Europe, témoin jaloux et impassible,
Le verrait égorger? Oh! non, c'est impossible.
Les peuples éveillés font entendre leurs voix,
Et briseront bientôt les entraves des rois.

Égoïsme fatal, oh! voilà ton ouvrage!
Le cœur est étouffé sous ton lourd assemblage
D'orgueil, de lâcheté, de crainte et de terreur.
Suivant ton intérêt, loyal ou sans honneur,

A ton droit méconnu ta voix insulte ou tremble,
Suivant qu'on te résiste, ou bien qu'on te ressemble.
Écartant les douleurs, il n'est pas de moyens
Dont tu ne fasses loi pour augmenter tes biens.
Ingrat à tout bienfait dont la reconnaissance
Pourrait en t'agitant troubler ta conscience,
Ton pouvoir, des vertus, c'est la mort, et ta loi
Dit à tout instant : Vis et ne pense qu'à toi.
La France a repoussé tous les fils de ta trame ;
Elle veut le grand jour à l'ardeur qui l'enflamme,
Et si l'ingratitude a su tout oublier,
Sa noblesse défend qu'elle sache prier.
Elle aida l'Angleterre et sauva l'Italie.
Sans elle on étouffait la Grèce et la Turquie.
L'Amérique lui doit ses jours de liberté :
Voilà de son bilan la générosité.
L'égoïsme des rois l'abandonne aujourd'hui,
Son courage et son droit, voilà son seul appui ;
Luttant et combattant avec persévérance,
Son recours est en Dieu, voilà son espérance.
Aux peuples écrasés enseignant le chemin,
Aux rois disant : Tremblez ! craignez mon lendemain !
Rien n'a pu les toucher, courage et sacrifice,
Infamie, horreur, rien ; enfermés dans leur vice,
Éperdus et tremblants devant l'envahisseur,
S'apprêtant à fléchir, ils frissonnent de peur.
O sublime leçon ! Enseignement terrible !
Peuples, profitez-en, d'une voix inflexible
Frappez leur égoïsme, imposez-leur vos lois,
Et que tous à genoux reconnaissent vos droits.

Les jours vont s'écoulant, et les douleurs du siége
Vont s'augmentant toujours, si rien ne les abrége,

Le courage soutient, et Paris voit la nuit,
Sans faiblesse, l'obus par cent tomber sur lui.
Les boulets par milliers s'en vont à l'aventure;
La ville de ce fer ressent la meurtrissure.
Ses monuments blessés bravent du feu les coups;
Ils sont criblés, couverts par ces ennemis fous
Qui traversent l'espace en course vagabonde,
S'abattant au hasard, comme la pluie inonde.
Par une nuit cruelle où les airs éclairés
Par l'éclat des obus, en étaient lacérés.
Les habitants dormaient, retirés dans les caves,
Prenant un doux repos à l'abri des épaves;
Les malheureux privés de ce triste réduit,
Dans leurs appartements devaient passer la nuit.
C'est ainsi qu'un vieillard reçut un projectile,
Assis dans un fauteuil, d'où sa mort inutile
Au tombeau le jeta; qu'une fille, un enfant,
Seize ans et jeune et belle, espoir d'un vieux parent,
L'emblème des vertus, sur son lit d'innocence,
Dormant, fut éventrée... et quand le cœur y pense,
Il bondit de fureur, au triste souvenir,
Dont tant d'horribles faits chargeront l'avenir.
Quartier de Vaugirard où règne d'habitude
Le calme de l'esprit, une douce quiétude,
Où de la charité résident les berceaux,
Les asiles nombreux abritant tous les maux,
Où par l'instruction le cœur se développe,
Où s'inspire le bien, où l'âme s'enveloppe
De l'amour pur d'un Dieu, fuyant l'humanité,
Fer et feu sont venus, grâce à la cruauté.
Pourquoi donc épargner l'abri de l'indigence?
La science, la piété, celui de la souffrance?
Non, égorgeant partout, aux villes comme aux champs,

Ces Tudesques pieux, cédant à leurs penchants,
Jusque sur nos docteurs, penchés sur leurs victimes,
Leurs brassards méconnus ont perpétré leurs crimes.
Pouvaient-ils ménager dans leur brutalité
Un quartier qui déplaît à leur bestialité?
Non! voilà comme un jour un torrent, une foule,
Comme un flot bouillonnant qui se foule et refoule,
Dans un vaste local fait son irruption,
De bien jeunes enfants : c'est une pension.
Quel tableau s'offre aux yeux ! quel horrible carnage!
Que s'est-il donc passé? d'où vient donc cet outrage?
Ces lits bouleversés, puis dans ce long dortoir
Les draps sont lacérés, le parquet est tout noir,
Le fer brisé partout, le sang en longues raies.
Qu'est cela? C'est la mort, de ces nombreuses plaies
S'échappe l'existence. Ah! pauvres innocents,
Quel était votre crime, à vous, jeunes enfants?
Votre âme avait encor sa robe d'innocence,
Et du lys possédait la blancheur et l'essence.
Vous n'avez su qu'aimer, au cœur su qu'obéir,
Pour vous n'était pas né le moment de haïr.
Que n'es-tu là, Guillaume? et s'il te reste une âme,
Jamais assez ses pleurs ne laveront l'infâme.
Ils étaient douze enfants, tous tués ou blessés;
La nuit en reposait les corps du jeu lassés,
Quand d'un énorme obus les foudres meurtrières
Tombent en mille éclats sur ces fleurs printanières.
Surpris dans le sommeil, aucun n'est échappé,
Et chacun, plus ou moins, d'un éclat fut frappé.
Quel horrible mélange ! Ah! l'âme en est saisie,
Et aux membres épars, aux troncs tombés sans vie
Se mêlent les éclats des meubles morcelés
Sur des corps étendus en débris mutilés;

Deux jambes sont à l'un, deux sont privés de tête,
Une poitrine ouverte où du sang noir s'arrête,
Où le caillot se glace au fer restant mêlé,
D'un quatrième offrait le corps gisant criblé.
Ce n'est pas tout encor, et comme par la foudre
Un autre est tout bleui des odeurs de la poudre,
De blessures le sang couvre les sept derniers.
Combien succomberont, ô roi, dans tes charniers?
Que ne puis-je en ce jour dire à ton égoïsme :
Tiens, regarde et frémis, voilà ton despotisme!

Le jour suivant, après l'événement fatal,
Un peuple accompagnait un convoi triomphal.
Cinq cercueils recouverts de la blanche couronne
Qu'à la vertu sans tache avec orgueil on donne,
Renfermaient des enfants les corps par Dieu bénis;
Deux ministres en tête au peuple étaient unis,
De la fraternité donnant ainsi l'exemple.
La foule recueillie arriva jusqu'au temple,
Les corps furent reçus par les soins du clergé,
L'eau sainte les couvrit, et leur sort abrégé
Dut trouver le pardon près du trône céleste,
Car leur vie était pure et leur vertu modeste.
Vers le champ du repos l'on reprit le chemin;
Les pleurs étaient aux yeux, la couronne à la main.
Bientôt l'on aperçut la demeure dernière,
Les cercueils franchissaient l'enclos du cimetière;
Près de la tombe ouverte, à l'instant où le ciel
Disparaissant pour tous, rend l'âme à l'éternel,
Le cœur ému, Jules Favre approche de la tombe,
Et dans chacun des mots qui de ses lèvres tombe
L'on sent à leur douleur d'un Dieu juste l'arrêt
Qui punira le crime en vengeant le forfait.

Puis, et comme toujours, Paris reprit sa vie.
Comme il avait pleuré, de rire il eut envie;
Il fut voir les dégâts, il pesa les obus,
Il compta tous les coups des monuments reçus.
Tout en portant secours, un habitant ramasse
Les éclats d'un obus, ou dégage la place
En repoussant du pied ce qui pourrait blesser
La foule curieuse, avide de passer.
Lazzis et quolibets, bourdonnent comme mouche
Aux dépens des Prussiens, volant de bouche en bouche.
On se croirait en fête, on ne se presse pas;
En foule très-compacte on marche pas à pas,
Puis un boulet tombant, vite sous une porte
Chacun se sauve, et puis ressort disant : Qu'importe !
C'est ainsi que Paris par tous est visité
En maudissant sans peur Guillaume et sa piété.

Un jour, d'on ne sait où, partit un bruit sinistre,
On parlait de disette, on craignait un sinistre;
La frayeur agitait le spectre de la faim,
Courant, disant partout : On manquera de pain.
Le peuple épouvanté voyait la mort cruelle
Que la famine, hélas ! entraîne derrière elle.
Dans le gouvernement on espérait toujours
Que la province aidant, et grâce à ce secours,
L'on percerait la ligne et l'on deviendrait libre.
Espérance perdue ! et sa dernière fibre
Fut brisée en voyant la population
Dans ses vivres subir une réduction.
Le peuple s'agita, redoutant pour sa vie;
La mère n'avait plus pour sa fille affaiblie;
Le vieillard, effrayé, pleurait déjà sa fin,
Souffrant du froid intense et se mourant de faim,

Implorant la pitié; ses pleurs trouvaient le vide,
Ne touchaient aucun cœur, car chacun, l'œil avide,
Regardait ses voisins, prêt à leur arracher
Le pain qu'ils dérobaient ou qu'ils voulaient cacher.
Chaque jour à grands pas augmentait la misère.
Riche et pauvre entendaient sonner l'heure dernière.
La mort prenait sa proie, éclaircissait les rangs;
Aussi vit-on périr ainsi bien des enfants.
Paris se souvenait, et, malgré son courage,
Des horreurs de la faim il redoutait la rage.
L'homme voulut combattre, et s'il devait mourir,
C'est rendant aux Prussiens ce qu'ils faisaient souffrir.
L'on fut au gouverneur demander la sortie;
Chacun offrit son sang, chacun offrit sa vie.
Pourtant il hésita; de son œil obscurci,
Il doutait, lui, si brave en face l'ennemi.
La conscience, en lui, décrivait un désastre.
Trochu n'avait pas peur, non, il cherchait cet astre
Qui dit au cœur : Marchez, le succès est là-bas.
Et lui ne voyait là qu'un sinistre trépas.
Cependant il promit un dernier sacrifice
Et dit qu'avant trois jours on entrerait en lice.
A ses chefs d'un combat il demanda le sort.
Tous n'eurent qu'un avis : Je suis prêt... C'est la mort.
Puis il fut décidé que la lutte suprême,
Pour tenter le salut, aurait lieu le jour même.

Par un de ces matins d'hiver où le soleil
Repose, nonchalant, redoutant le réveil,
Où l'aurore endormie au rêve s'abandonne
Et croit que le printemps à son oubli pardonne,
Tout Paris s'éveillait, négligeant le repos
Qu'on donne chaque jour au moindre des troupeaux.

Pauvre nature humaine! égale à des esclaves,
Sous les fers écrasés vainement tu les braves.
La terre est libre à tout; seul, l'homme est enchaîné.
Pourtant Dieu le fit libre, et tout lui fut donné.
Un maître l'a dompté, passion infernale,
Sot orgueil, insensé, furieux Bucéphale!
L'on voit bien d'où tu sors, tu juras guerre à Dieu,
Et tu choisis la terre, ici, ce champ, ce lieu,
Pour que deux peuples fous, sous ta fatale rage,
Se livrent au combat, au plus sanglant carnage.
Les oiseaux chanteront sous l'ardeur des frimas,
Combien d'hommes, hélas! ne les entendront pas.
Il en est temps encor; pour une fois, fais grâce,
Cours au chevet de l'homme au cœur noyé de glace.
Qu'un songe ouvre ses yeux, qu'il soit tout frémissant,
En se voyant sombrer dans une mer de sang;
Et puis, qu'un doux tableau se présente à sa vue :
Des mères, des enfants descendant de la nue,
Chargés de doux présents, les dons du créateur
Qui les offre à son fils, comme un Dieu bienfaiteur;
Montre-lui l'Éternel au cœur noble, propice,
Et, s'il veut être heureux, ah! dis-lui qu'il choisisse.

Mais l'heure était venue, et la voix des clairons,
De l'un à l'autre écho, répercutait les sons;
Tout marchait en avant pour la grande bataille.
Paris, pour être libre, appelait la mitraille.
L'on essaya d'abord d'enlever Montretout.
Ce succès obtenu, ce fut le premier coup;
Puis, droit sur Buzenval, s'élancent les mobiles,
Citoyens et lignards en colonnes mobiles,
Dirigeant sur le parc les plus terribles feux,
L'ennemi l'abandonne et s'enfuit devant eux.

Derrière un second mur bientôt il se retranche.
A travers la forêt, saisis d'une ardeur franche,
Les Francs font la riposte aux feux plongeants prussiens.
Bien rude fut l'assaut pour des miliciens;
C'était leur premier feu, mais leur valeur guerrière
Fut digne en ce grand jour de la patrie entière.
Le sang coula par flots devant ce mur d'airain.
L'obstacle était trop grand, aussi le fantassin
Céda-t-il le plateau. Bientôt l'artillerie,
S'ajustant à son tour, essaie sa furie.
L'essai fut acharné, mais trop bien défendu,
Malgré tous les efforts, ce fut un coup perdu.
A Rueil, la Malmaison, ainsi qu'à la Fouilleuse,
L'on soutint bien le choc; partout la mitrailleuse
Mêlait son bruit strident au bruit sourd des canons;
L'on était assourdi des feux de pelotons,
Et bien avant la nuit, l'air trop plein de fumée,
D'un voile sombre, épais, enveloppait l'armée.
La nuit venue, on campe et dort sur les plateaux.
Buzenval est conquis au prix de bien des maux.
Vers Rueil se retire avec son corps Susbielle.
C'est de grands citoyens la garde bien nouvelle;
Ils ont tous très-souffert, ne sont pas abattus,
Ils sont heureux, contents, ils se sont bien battus.
Le silence est partout, et le champ de bataille
Est couvert de blessés, de morts et de mitraille.
Ici l'on voit un groupe où tous sont confondus;
Troupes, miliciens sont tombés sous l'obus.
Trois mobiles y sont, en voyant leur sourire
On jurerait vraiment qu'ils ont un mot à dire;
Puis là, sur ses genoux, on voit un fantassin,
Ne semblerait-il pas qu'il secoure un Prussien?
Et mort présente encor la charité française

Pour sauver l'ennemi trouvant son âme à l'aise.
A ce combat succède un bien autre combat,
Celui de la souffrance où lutte le soldat ;
Il attend le secours et cela sans se plaindre,
Souvent aussi la mort avant lui vient l'atteindre ;
Le courage est au cœur de tout enfant français.
Un garçon de vingt ans, aux mains de Delaunay,
Voit sortir une balle extraite de sa jambe :
Allons, tant mieux ! Docteur, vous ne voyez pas d'ambe ?
Au bataillon j'irai, vite, n'écoutez pas,
Opérez, opérez, car on m'attend là-bas.
Un autre, presque mort, c'est encore un mobile,
Il ne veut aucun soin, et dit : C'est inutile !
Un vieillard, cheveux blancs, garde national,
Dit : Soignez la jeunesse ; allez, laissez mon mal !
Et ce soldat disant, mourant de sa blessure :
Ce qui me fait souffrir, c'est voir la noble allure
De pères de famille, allant se faire hacher
Pour sauver le pays, heureux et sans broncher.
Voilà l'intérieur d'une des ambulances.
Le Français est partout riant à ses souffrances.

Pendant la nuit, chacun de son mieux reposait.
Trochu, seul agité, calculait, se disait :
Nous ne passerons pas. Dois-je rendre victimes
Tant de nobles courages et tant d'âmes sublimes ?
Il avait lu partout la résolution,
Un courage affermi ; la population
Ardente à conquérir et pleine d'espérance.
Le pain était bien noir, sans autre subsistance
Qu'une viande malsaine et qui frappait de mort.
Qu'importe ! on supportait un aussi mauvais sort.
On voulait être libre, on voulait la bataille.

Un pouvoir, quel qu'il soit, de tout peuple se raille.
Il en fut cette fois comme il en fut toujours :
Le pouvoir se crut sage en préservant les jours.
Le peuple fut traité de frivole jeunesse,
Ne sachant se conduire et manquant de sagesse ;
Et sans le consulter un grand parti fut pris.
Le conseil s'assembla, les pouvoirs réunis,
Il leur fut annoncé la fin des subsistances.
Les esprits, à ces mots, furent sans espérances.
Dix jours de vivres seuls pouvaient être assurés,
Comptant bien pour chacun les vivres mesurés.
De cet épuisement l'affreuse perspective
Coupa court d'un seul coup à toute alternative.
La province, non plus, n'offrait aucun secours,
Car c'était bien en vain qu'on attendait toujours,
Et Chanzy, retiré dans Laval, la distance
De le voir s'approcher offrait bien peu de chance.
Puis Bourbaki, Faidherbe, aux frontières jetés,
Avaient aussi subi des échecs répétés.
Quand l'ordre du départ fut connu de l'armée,
Elle crut s'éloigner pour être reformée,
Sur Versailles marcher, non à Paris rentrer ;
On méconnut son vœu, ce qui fit préférer
Au succès incertain la retraite certaine.
L'on se demande encore, et l'on comprend à peine,
Quelle erreur fit agir en ce moment Trochu.
Que des vivres le temps fût bien vraiment échu,
N'avait-on pas l'armée et ses cinq cent mille hommes?
Disant : Oui, nous voulons rester ce que nous sommes !
Jamais avec cela l'on eût dû reculer ;
Mais l'esprit s'égara, l'ombre vint le voiler.
Pourquoi? Trochu vivant manquait-il de courage?
L'ennemi, bien souvent, avait vu son visage ;

Il ne l'aurait pas fait. D'où vinrent les retards,
Comme les pas perdus? Étaient-ils au hasard?
Non, tout fut dirigé par une main puissante,
Et, cette main sur terre, active ou rend plus lente
De ses bienfaits, la pluie, alors que les humains
Ont avec plus d'ardeur le travail en leurs mains.
La France a-t-elle fait en cet instant critique
Tout ce qu'elle pouvait étant en république?
Les partis s'agitaient, chacun pensait pour soi,
Regardant son voisin, disant : Ce n'est pas moi.
Le malheur sous ses coups rencontra l'égoïsme.
Si grand fut son pouvoir, si grand son despotisme,
Qu'il laissa l'ennemi ravager jour et nuit,
Et croyant se sauver, perdit tout avec lui.
O pauvre humanité! quand donc à la lumière,
Lasse enfin de souffrir, s'ouvrira ta paupière?
C'est ainsi que Paris, après autant d'efforts,
Un jour vit l'ennemi s'établir dans ses forts ;
Il avait le courage, il avait l'espérance,
Hélas! il succombait sous l'oubli de la France.
Contre son ennemi cinq mois il a lutté.
Le pays ne vint pas ; comme déshérité,
En proie à la famine, en proie à la mitraille,
Alors qu'il ne fallait qu'une simple bataille,
Ses frères de province ont pu l'abandonner,
Lui qui, pour les sauver, avait su tout donner.
Un silence de mort succède à la mitraille,
Aux termes d'un traité qu'on signait à Versailles.
Le peuple consulté dut aussitôt choisir,
Ses membres réunis, et suivant leur désir,
Sur le sol tout entier, de nouveaux mandataires,
Afin de mettre un terme aux pouvoirs arbitraires,
Et, du sort de la France, à ces représentants,

Le destin fut remis en ces tristes instants.
Un nom sortit de l'urne, un profond diplomate,
Thiers, dont le cœur jura d'effacer tout stigmate,
D'éviter toute honte et de sauver l'honneur,
De la paix, fut choisi le négociateur.
Le labeur était grand et la tâche pénible,
Vis-à-vis d'un vainqueur égoïste, inflexible;
Cette discussion amena des retards.
Paris se vit souillé de ces infects soudards;
Il se voila de deuil, pour cacher à leur vue
La peine de son cœur, qu'ils n'avaient jamais vue.

La Prusse fit payer toute concession,
Voulant humilier la population;
La honte fut pour elle, et sa gloire chagrine,
Ne put même pas voir ses crimes de famine.
On traita de la paix; ces voraces vautours,
De leur rapacité chassèrent les détours,
Ils levèrent la tête et fondant sur leur proie,
Déchirèrent la France avec horrible joie.
Mais, la France était veuve, et des milliers d'enfants
Tendent leurs bras vers elle et leurs cris déchirants,
Imposaient le devoir d'abréger leur souffrance.
Aucun ne doit mourir banni du sol de France.
Elle acheta leur vie et paya par milliards
Tous ses fils malheureux à ces hardis pillards.
L'Alsace fut perdue, et la pauvre victime
A frémi dans ses flancs; elle, fille sublime
Qui versa ses trésors et des ruisseaux de sang,
Fut l'holocauste offert au crime tout-puissant.
La mère, un jour, dira : « Mon fils, sur cette terre
« Nous étions tous Français, vois les fruits de la guerre!
« Nous sommes Allemands! O mon fils, souviens-toi!

« Dieu nous jugera tous, n'enfreins jamais sa loi.
« Par ses vices un homme a perdu notre France;
« Égoïste, il la fit pour garder sa puissance.
« Écrase de ton pied ce ver lâche et rongeur.
« Sois vertueux, mon fils! et sois notre vengeur! »
A la France en ce jour un grand devoir incombe.
Si de son existence elle veut fuir la tombe,
Union et courage, ordre, foi, liberté,
Travail et dévoûment, surtout fraternité,
Sont les mâles vertus qui lui rendront la vie,
Frappant partout de mort l'égoïsme et l'envie,
L'orgueil, l'agiotage et les airs fanfarons,
Dont les tristes appas ont tenté des larrons.
La paix dans l'avenir doit devenir son guide,
Et tout compte se règle un jour pour le perfide.
Le printemps vient chasser l'hiver et ses frimas;
Après qu'un bon repos a rafraîchi ses bras.
Il étreint la nature et la nouvelle sève,
En brisant son sommeil, l'éveille de son rêve.
Que les âges futurs de vertus habités,
Ne forgent plus de fers, mais bien des libertés.
Les peuples ont voulu que les rois interviennent,
Et les rois ont voulu que les cœurs se souviennent,
Que blessé, que meurtri, ces luttes de Titans
Précipitent à terre un peuple de géans.
La terre est aujourd'hui le beau cerf de la fable.
Quelques princes et rois se mettent seuls à table;
Peuples y sont servis, coupés par portion,
Et c'est à qui d'entre eux prendra part de lion.
Ces lions ont laissé le jour passer l'oreille,
Le lion véritable en son antre sommeille.
La France est isolée et souffre par le fer;
Blessée, elle rugit appelant au désert.

Les vrais lions viendront; ils uniront leurs armes,
De l'âne mal couvert ils briseront les charmes.
Une fois la peau bas naîtra la vérité,
Et de ces grands seigneurs leur incapacité.
Un peuple n'est pas mort pour avoir succombé.
Le faible grandira, relèvera la tête,
Chassera sa faiblesse, écrasera la bête.
L'honneur français existe, il n'est jamais tombé.
L'ennemi qu'il a vu c'est l'horrible famine,
Sous ses bras décharnés une guerre intestine;
Mais il n'a jamais vu celui que l'on combat :
La mitraille n'est pas un valeureux soldat.
Ce peuple est malheureux; que son espoir se fonde
Sur la lumière un jour dont brillera le monde.
Il fut trop glorieux, il a le châtiment.
Dieu punit son orgueil, c'est le commandement;
Mais il le soutiendra, guidera dans sa marche,
Par un chemin plus sûr le conduira vers l'arche.
Il a sauvé, jadis, le peuple d'Israël;
Comme lui son enfant, qu'il croie en l'éternel.
Il avait oublié les lois de sa naissance,
Qu'il se rappelle, alors, il trouvera l'essence,
La source de tout bien ; Dieu l'a dans sa bonté,
Il a pour ses enfants créé la liberté.
Leur oubli, leur faiblesse, en les rendant esclaves,
Font le pouvoir facile et forgent leurs entraves.
Pour imposer des lois, il n'est besoin de fers,
Flatter les passions suffit à l'univers,

La cause de la perte et de la déchéance,
Pour les peuples est là; car telle fut la France.
Dans les plaisirs noyée, elle tuait son cœur,
Ses battements fiévreux ont créé son erreur;

Elle ignorait sa mort et croyait à sa vie,
Et son corps seul vivait, l'âme était endormie.
Son réveil fut bien grand, mais, hélas! trop tardif.
Il le fallait partout pour être décisif.
L'ennemi profita de trop de nonchalance.
Voilà comment le sort trahit tant d'espérance.
Les temps ont bien marché, l'histoire nous le dit :
Autrefois un pouvoir vivait quoique maudit;
Aujourd'hui sur sa base ébranlé dès l'aurore,
Il s'écroule à courts jours et plus maudit encore.
C'est que si lentement avance le progrès :
Dans le livre éternel on y lit sans arrêts.
Paris subit vingt ans un pouvoir arbitraire;
Sans reculer d'un pas, il tomba dans l'ornière.
Par un échec cruel frappé de l'éperon,
D'une vive douleur il ressent l'aiguillon;
La blessure est profonde et la leçon immense,
C'est pour qu'avec vigueur et plus grande assurance
Il lance le progrès, étonne les humains
Des immenses trésors qu'il possède en ses mains.
L'incendie a détruit les murs de la chaumière,
C'est pour qu'un beau palais s'élève à la lumière.

Paris a succombé, Paris si grand hier,
Le géant a fléchi, mais il est resté fier;
Il a fait son devoir, il a compris sa cause,
Et sans son abandon!... La parole ici n'ose,
Ni ne veut accuser. Il pouvait résister,
Pouvait jusqu'à la mort et combattre et lutter,
Il ne pouvait vouloir, ni de guerre intestine,
Ni voir un peuple entier mourir par la famine.
L'arme était trop cruelle, et lorsque lui se bat,
C'est offrant sa poitrine aux chances du combat,

Il ne s'abrite pas derrière la mitraille;
Il reste à découvert au sein de la bataille.
Son courage était là, le sort seul a faibli.
Et s'il est malheureux, il n'est pas avili;
Ses jours passés sont pleins de malheur et de gloire.
Mainte fois écrasé, son énergique histoire
Dit : que sous aucun joug il ne reste enlacé.
Jetons un voile épais sur ce triste passé.
Un drame bien terrible, une histoire plus sombre
Vint encor trop de jours sur lui jeter son ombre.
Paris avait lutté contre un tigre étranger,
Altéré de ses biens, sans qu'il pût s'en charger,
Qui, tout en l'écrasant, et honteux de sa gloire,
Respectait son passé, respectait son histoire.
Un reptile dormait, par le sang éveillé,
Déroulant les anneaux de son corps émaillé,
Dans ses bonds furieux il laboure la ville.
Ce monstre n'a qu'un nom : c'est la guerre civile!
Frères sont ennemis sous ses feux dévorants,
Ils brûlent la raison, éteignent tous les rangs.
Tout se confond alors, le sang et l'incendie
De tout font un chaos dans leur terrible orgie;
Tout se traduit en eux par la destruction;
Des peuples c'est la mort, c'est leur extinction.
Cinquante jours Paris a vécu du massacre.
Liberté! c'est ainsi que son peuple te sacre.
Ton aurore naissait, le jour allait venir.
Comme un vaisseau longtemps battu par la tempête,
Doucement il voguait en relevant la tête,
Oubliant la tourmente et les yeux vers le port,
Il ne vit pas, hélas! tous les récifs du bord;
Son pilote non plus ne sut pas s'en défendre.
La prudence manqua, l'on ne sut pas attendre;

Et l'ennemi put voir des frères, des amis
S'égorger sous ses yeux comme des ennemis.
On versa bien du sang, et le feu de sa flamme
Saigna la pauvre ville au plus cher de son âme.
Les siècles entassés se sont vus écrouler,
L'essence incendiaire aidait tout à brûler,
Comme si les obus étaient insuffisants
Pour la destruction à ces fous rugissants.
Le sexe n'était plus et le cœur était mort
Chez tous ces furieux frappés de quelque sort.
Possesseurs des engins créés pour la défense,
Tous ont versé le sang des enfants de la France,
Ou fuyant, n'ont pas su que pour la liberté,
Un mot n'est pas, et c'est : pusillanimité.
L'on se doit au pays, à la grande famille,
Au soutien de ses droits, à l'honneur de sa ville,
Et voleurs et brigands sont tous des ennemis
Devant lesquels l'effroi ne peut être permis.
La force fait défaut, souvent l'espèce humaine
Par son trop de faiblesse a su river sa chaîne.
De n'importe qu'il soit, le crime est bien certain,
Le pouvoir par le sang se tient mal dans la main ;
Il glisse dans la honte, et c'est un triste exemple
Aux hommes de tous temps bâtir ainsi son temple.
Paris blessé, meurtri, dira longtemps encor :
Enfants, je fus frappé dans mon plus cher trésor.
Si vous m'aimez, ô vous qu'a tant chéri mon âme !
D'une discorde aride éteignez toute flamme.
Vous, riches et puissants, soyez doux au malheur ;
Vous, pauvres et souffrants, espérez le bonheur.
L'Éternel vous créant a créé sa famille,
Puis vous a répandu par globes et par ville ;
Mais la mort en frappant rend à l'égalité

Tout ce qu'a séparé l'ingrate humanité;
Le retour au berceau rend l'enfant à son père,
La distance n'est plus, le frère trouve un frère.
Devançons donc ce temps et restons fraternel,
N'ayons tous qu'un amour, celui de l'Éternel ;
Jouissons en paix des biens que nous donne la terre,
Se haïr est si mal, s'aimer si salutaire.
Comme un rêve oublions et sachons pardonner,
Car Dieu donne beaucoup à qui sait tout donner.
« L'espoir en l'avenir offre encor bien des charmes ;
« Il garde un doux sourire et peut sécher les larmes.
« Que l'honneur et la gloire étanche tout ce sang.
« Paris reste debout, à lui le premier rang.
« Un voyageur lassé par une longue route.
« Regarde à l'horizon ; s'il ne voit rien, il doute,
« Il retombe abattu de fatigue épuisé.
« Mais s'il voit la fumée et le toit écrasé,
« Et l'enclos du verger de son humble chaumière,
« Il reprend bon courage, élève sa prière.
« Comme le voyageur, Paris vois l'horizon :
« L'espace s'éclaircit, la plaine de gazon
« Ayant subi la faux, sort plus forte et plus verte,
« Les champs des feux d'août ont réparé leur perte,
« Et le printemps ramène avec lui le soleil,
« La moisson, la vendange, à ton cœur le réveil ;
« Du monde et de ses lois tu tiens encor le sceptre,
« Tes maux sont un fantôme, ils fuiront comme un spectre.
« De ton climat tu tiens ton principe vital,
« Nul ne peut y toucher sans qu'il lui soit fatal.
« En toi, des libertés germe toute semence,
« Et qui foule ton sol en garde une espérance.
« La liberté gémit et pleure dans ses fers ;
« Mais, les temps sont venus, aujourd'hui l'univers

« Sent, voit le grain germer, et, vienne la lumière,
« L'on fera la moisson dans la nature entière.
« La ramure est plus forte à l'arbre rajeuni.
« Bravo! Paris. Courage, on ne t'a pas honni
« Pour guérir ta blessure. A la force brutale
« Oppose le pouvoir de la saine morale.
« Tu possèdes la clef des sciences et des arts :
« Par eux sois maître en tout, rejette les hasards.
« Des peuples sois le guide à la loi fraternelle,
« Enseigne à tous les lois de la vie éternelle,
« A tous dis-le bien haut : La mort n'existe pas ;
« L'âme une fois créée ignore le trépas.
« Que l'homme sache bien, afin qu'il s'améliore,
« Que son corps n'étant plus, son âme existe encore,
« Qu'il n'est pas de néant, et que le Créateur
« Punit l'ambitieux, l'avare et l'imposteur.
« La morale est pour l'homme une force virile
« Qui, liant l'âme au corps, rend la lutte facile.
« Peuple qui s'amollit se voit déshérité :
« Aux peuples la vertu donne la liberté. »

FIN

EN VENTE CHEZ LES MÊMES ÉDITEURS

OUVRAGES DE JULES MICHELET

Histoire de France (sous presse). Edition complète en 15 forts vol. in-8. . . . fr. 75 »

Histoire de la Révolution française. 6 forts vol. in-8. . . . . . . 30 »

La Sorcière. 1 vol. gr. in-18. . . . . 3 50

La Montagne. 1 vol. gr. in-18 . . . . 3 50

Nos Fils. 1 vol. gr. in-18. . . . . . . 3 50

La Bible de l'Humanité. 1 vol. gr. in-18. . . . . 3 50

La Pologne martyr. 1 vol. gr. in-18. . 3 50

OUVRAGES DE LOUIS BLANC

Histoire de la Révolution française. 13 forts vol. gr. in-18. . . . fr. 45 50

Le même ouvrage. 3 forts vol. gr. in-8 à 2 colonnes . . . . 36 »

Lettres sur l'Angleterre. 6 vol. in-8. 36 »

L'Etat et la Commune. 1 vol. in-8. . 1 »

Histoire de la Révolution de 1848. 2 vol. gr. in-18. . . . . 7 »

OUVRAGES DE M. EDGAR QUINET

Œuvres politiques. 2 vol. gr. in-18 . . fr. 7 »

La Révolution. 2 forts et beaux vol. in-8. 15 »

Le même ouvrage. 2 vol. gr. in-18. . . . 7 »

La Critique de la Révolution. 1 vol. in-8 . . . . 1 »

France et Allemagne. 1 vol. in-8. . . 1 »

L'Expédition du Mexique. 1 vol. in-18. 1 »

La Création. 2 beaux vol. in-8. . . . . 10 »

La Révolution religieuse au dix-neuvième siècle. 1 vol. in-18 . . 1 »

Le Siége de Paris et la Défense nationale. 1 vol. in-18. . . . . 1 50

Paris. — Imp. Émile Voitelain et Ce, 61, rue J.-J.-Rousseau.

www.ingramcontent.com/pod-product-compliance
Ingram Content Group UK Ltd.
Pitfield, Milton Keynes, MK11 3LW, UK
UKHW012110240726
13965UKWH00004B/1676